AF299435

ARLEQUIN

TOUT SEUL,

FOLIE-VAUDEVILLE,

EN UN ACTE, EN PROSE;

PAR J. A. GARDY,

Auteur de Palma, de Maltide, de Célestine, etc. etc. etc.

Représenté, pour la première fois, à Paris,
sur le Théâtre du Marais, en Vendemiaire,
an X, de la République Française.

A PARIS,

AN X. (1801.)

PERSONNAGE.

ARLEQUIN.

La Scène se passe à la campagne.

COUPLET D'ANNONCE.

Air : *La bonne chose que le vin.*

Cet Arlequin, qu'on dit tout seul,
S'il a le bonheur de vous plaire,
Comme lui voudroit être seul,
De son sort trop jaloux, son père :
Dans tout, heureux quand on est seul,
Alors point de rivaux à craindre :
Mais ici l'on tremble qu'un seul,
Ne rende l'Auteur bien à plaindre.

ARLEQUIN
TOUT SEUL,
FOLIE-VAUDEVILLE.

Le Théâtre représente la petite cour de la maison de M. Cassandre. — Des arbres, s'élevant à l'extérieur de la maison, annoncent un jardin. — A gauche de l'Acteur est une croisée un peu haute, à laquelle est adossée une échelle ; au-dessous de la croisée est une porte bien fermée. — En face de la maison, à droite, est une grille. — Au fond du Théâtre est un mur fort élevé, devant lequel se trouve une charmille. — Quelques vases garnis de fleurs, ainsi que plusieurs outils de jardinage, sont çà et là, et occupent les côtés de la Scène.

On doit entendre fermer et ouvrir la grille, aux endroits indiqués, sans que la personne chargée de ce soin soit apperçue des Spectateurs, de même que celle qui doit tirer l'échelle de la chambre de Colombine.

L'ouverture doit exprimer un orage qui cesse, bientôt après l'arrivée d'Arlequin. — Le jour est sur son déclin.

Arlequin arrive du côté de la grille ; il secoue ses vêtemens, en tremblottant de toutes ses forces.

SCÈNE PREMIERE et DERNIERE.

ARLEQUIN.

OH ! sangodémi !... quel orage !... povéro....
ouh !.. ouh !.. ouh !.. Je n'en ai pas perdu une

goute... ; me voilà percé de part en part : mais la douce chaleur que porte dans mon âme le souvenir de ma bonne Colombine, et le plaisir qu'elle me présage, vont me secher dans l'instant : arrivé dans ce lieu, qui est celui de notre rendez-vous, il m'y reste à penser ce que je puis dire de tendre... de beau... de mignon... de bien amoureux, à ma chère petite amie, afin de lui laisser entrevoir que ma mésaventure pluvieuse n'a pas refroidi mon ardeur pour elle. (*Ici on doit entendre fermer la grille à double tour.*)

Air : *Si Pauline est dans l'indigence.*

Je lui dirai : ma douce amie,
Je suis heureux quand je te vois ;
Mais de mon bonheur l'ennemie,
La nuit, peut m'affliger par fois.
Pour me venger de son injure,
L'amour, prodigue de ses traits,
Vient dissiper la nuit obscure,
Pour mieux me montrer tes attraits.

Et je dis, que ce petit compliment fera son effet... Mais, voici l'heure presque passée du rendez-vous, et Colombine ne vient pas : oh ! elle ne va pas tarder... Que je suis heureux ; c'est demain que je l'épouse, de l'aveu de son père, monsieur Cassandre, et en fille qui sait vivre, obéir à ses parens, et sur-tout bien aimer : Colombine, ma chère Colombine, m'a accepté de suite pour son époux ; il est vrai que depuis le tems que nous nous aimons... Ah ! c'est bien doux de s'aimer... et de bonne foi, car il y en a tant qui s'aiment d'une autre manière.

Air : De la clef forée.

Ici bas, on voit très-souvent
Des gens qui ne font autre chose,
Que se jouer d'un sentiment ;
L'argent fait leur métamorphose.
D'autres plus hardis, en un jour,
A l'amitié ils font outrage :
Je hais les traîtres en amour,
A l'amitié bien davantage.

Eh ! n'ai-je point trouvé, dans ce coquin de Gilles, la preuve de ce que j'avance-là ; il se disoit mon ami, il paroissoit aimer sincérement Colombine ; on auroit vu de sa part tendres expressions d'un côté, beaux sentimens de l'autre, tandis que le fourbe nous trompoit tous les deux... Oh ! oui, il nous trompoit... C'étoit la dot que le père Cassandre a promis à sa fille, qui acharnoit monsieur Gilles auprès de Colombine, et c'étoit pour me donner des mauvais conseils... ; me tourmenter l'esprit sur l'article de la fidélité, qu'il recherchoit ma présence ; voilà ce qui va le perdre sans retour... Aujourd'hui, je triomphe de lui ; un congé dans les formes vient de lui être donné par le père... et la fille, qu'il vouloit me souffler, m'a donné, à moi... quelque chose, qui me console de toutes les tracasseries que j'ai souffertes... encore.

Air : *Regards vifs et joli maintien.*

Gilles me disoit, hier au soir,
Tu peux m'en croire sur parole ;
Un homme, que je n'ai su voir,
Est près de ta chère idole.
Moi, transporté en ce moment,
Je cours, ou bien plutôt je vole ;
Désabusé dans un instant,
Je revins triste assurément,
De me voir joué (*bis.*) sur parole.

Il faut que je me confesse... Je suis naturellement jaloux ; par malheur, nous autres moricos, nous l'avons tous été de père en fils, plus ou moins les uns que les autres, et c'est un mal de famille qui me tient furieusement ; mais je dois paroître excusable aux yeux de Colombine, car elle n'ignore pas que je la préférerois à tous les trésors du monde... oui ; mais voilà la nuit qui s'avance et elle ne vient pas.

Air : *Quand le bien aimé reviendra.*

Ah ! c'est un martyre vraiment,
(Pourquoi faut-il que je l'éprouve)
Que l'attente pour un amant.
Bonheur, fais que je te retrouve.
Mais, je regarde... (*bis.*) hélas ! hélas !
Ma bien aimée ne revient pas.   *bis.*

Air : *Te bien aimer, ô ma chère Zélie !*

Entends ma voix, ma chère Colombine,
Que mes soupirs parviennent jusqu'à toi;
Ils t'apprendront que la beauté divine
Enchaîne tout sous l'amoureuse loi.

Attendrai-je encore ?.. ma patience est à bout... Allons nous-en... Mais, je fais une réflexion ; si, quand je me serai en allé, Colombine arrivoit et ne me trouvoit pas... Ah ! diable, ne faisons point cette sottise ; il vaut mieux l'attendre... Promenons-nous, cela fera passer le tems... ; ou plutôt, chantons, sous les croisées de sa chambre, une romance que j'ai composée pour elle... Si elle est chez elle, ma voix pourra hâter l'instant qui doit nous réunir... Oui, c'est bien dit... chantons.

Air : *Comment goûter quelque repos.*

Comment trouver quelque repos,
Loin de Colombine chérie !
Quand elle seule, de la vie,
Peut embélir même les maux :
Sa main et sa vive tendresse,
Me sont-ils offerts en ce jour ?
Je les reçois, et mon amour,
De les payer fait la promesse.   *bis.*

(*Arlequin, en s'approchant de plus près, heurte l'échelle avec son pied, l'apperçoit et s'écrie :*)

Oh ! sangodémi !... qu'apperçois-je-là ?...

une échelle dressée !... Se peut-il croire ?... ô ciel ! à la fenêtre de Colombine !.. et sa porte ?.. (*il la regarde.*) elle est fermée ; je ne puis entrer ; il faudra que je prenne la même route pour m'assurer de sa perfidie.

Air : De la croisée.

Ah ! voyez quel est mon malheur,
Si j'en crois cette audace prompte ;
Quand je dois posséder son cœur,
Je me trouve couvert de honte.

(Il va pour monter à l'échelle, et fait un pas en arrière.)

Mais, quelle est aussi ma pensée ?
Dans la rage qui me transporte ;
Il faut donc passer la croisée,
Au défaut de la porte.　　　　*bis.*

Suis-je sûr de mon déshonneur ?.. quelquefois ces diables de femmes ont tant de détours... Si je m'emportois mal-à-propos, et que ce fut pour moi que cette échelle est là ? Eh !.. eh !.. peut-être, cela se pourroit bien... Colombine aura voulu me causer une surprise agréable... Allons, allons, je me berce de chimères... quelle apparence... (*Il apperçoit un papier ployé sous ses pas.*) Je vois ce me semble, une lettre par terre ; ramassons-là. (*Ici on monte la rampe, Arlequin s'en approche pour lire.*) La lune, qui se
lève,

lève, va m'éclairer assez pour lire. (*il lit.*)
Mon cher Gilles. — O dieu ! c'est l'écriture
de Colombine : continuons.

» Mon cher Gilles ;

» J'ai paru dédaigner votre amour, pour
» mieux tromper la vigilance de ce petit
» Arlequin, dont je suis sans cesse obsédée :
» mon père l'a flatté de l'espoir de m'obte-
» nir pour femme ; il a été même jusqu'à
» fixer, à demain, le jour de notre union ;
» vous connoissez mes sentimens pour vous,
» et vous devez penser si je balancerois un
» seul instant entre vous deux ; je vous aime,
» Gilles, et je veux vous en donner des
» preuves.... A la nuit tombante, trouvez-
» vous, avec une échelle, dans la petite cour
» du jardin, vous la dresserez à la fenêtre
» de ma chambre, et là, nous aviserons au
» moyen que nous pouvons adopter pour
» tromper les espérances d'Arlequin, et faire
» consentir mon père à rompre ce mariage
» projeté, qui nous seroit si fatal «.

Oh, sangodémi ! je ne sais si je veille : la
scélérate.... l'infâme.... Elle ne m'a donc fait
venir ici que pour mieux me rendre témoin
de sa trahison en vers moi. Ouh ! ouh ! ouh !
Sit... sit... sit... (*il pleure.*)

B

Air : *De Malborough.*

Je suis dans une transe,
O adieu (*bis.*) toute espérance ;
Je suis dans une transe,
Et je perds tout mon bien ;
Le reste ne m'est rien.
Je suis dans une transe,
O adieu (*bis.*) toute espérance ;
Je suis dans une transe,
Et je meurs
De douleurs.

L'imposteur de Gilles !... quelle audace !...
C'est en se rendant ici avec l'échelle, qu'il
aura laissé tomber cette lettre de sa poche...
Mais, Colombine !... ah, Colombine !...

Air : *Du jaloux malgré lui.*

Se déguiser ainsi, j'espère
C'est bien montrer tous les talens
Que jolie femme, d'ordinaire,
Emploie pour tromper ses galans.
Mais, Colombine, je t'admire
Dans tous ces détours trompeurs ;
Femmes, c'est-là le cas de dire :
Bien fin qui connoîtroit vos cœurs.

Oui, par-là sangodémi ; bien fin. J'avois
cru lire dans celui de Colombine ; mais elle
m'a fait revenir bien cruellement de mon
erreur.... Ah ! ne souffrons pas que l'on m'outrage impunément. Allons trouver le papa
Cassandre ; qu'il sache le tour affreux qu'on

me joue, et puis nous reviendrons ensemble confondre l'ingrate ; la parjure, qui sait si bien ajouter l'audace à la perfidie.

Air : Une fille est un oiseau.

Courons vite, de ce pas,
Chez monsieur Cassandre, père ;
Il est juste, il est sevère :
Et il ne souffrira pas
Que, dans l'ardeur qui l'anime,
Ce Gille, avec Colombine,
Pour cette nuit, j'imagine,
Couchent sous le même toit.
Bernés de la bonne sorte,
Quand l'un va gagner la porte,
Nous montrerons l'autre au doigt.

(*Arlequin court vers la grille, qu'il trouve fermée ; en cet instant on tire l'échelle de la fenêtre de Colombine.*)

En voici bien d'une autre, à présent, et cette grille qu'on a fermée pendant que je jasois ici.... me voilà bien avancé.... la franchir ?... impossible.... Allons, armons-nous de patience..... et de ma batte.... Volons chez les perfides.... je suis armé, qu'ils ressentent les justes effets de mon courroux. (*Il va pour monter à l'échelle, et ne la voyant plus, il dit avec surprise et abattement.*) Oh ! oh ! allons, encore un autre fâcheux événement ; ils ont enlevé l'échelle : ce seroit bien-là le cas de voler, comme je le disois ; mais je ne veux pas employer ce moyen, qui me deviendroit fatal.... Que faire donc ?... je suis anéanti, désespéré....

Air : *Ainsi jadis un grand Prophéte.*

Ainsi que fit jadis Dédale,
Si je pouvois voler dans les airs,
Dans la circonstance fatale,
Je connoitrois moins les revers ;
Car dans ma course très-rapide,
L'olympe de près me verroit,
Et sans que rien ne m'intimide,
Chez les muses j'aborderois.

Et puis :

Air : *Du pas de Zéphir ; de Psiché.*

Le jour,
Tout d'amour,
Plein de feu ;
Dans ce lieu,
Je plairai,
Charmerai,
Jouirai,
Et dirai :
Hébé,
Volupté
Et beauté,
Reçois moi
Sous ta loi,
Quand pour toi
Pour toujour
J'ai d'amour.

Vénus
Et Momus,
Tous les dieux
De ces lieux,
Par leurs jeux,
Par leurs ris,
Ont surpris
Tout Paris.

Le jour, etc.

D'une infidelle,
Une autre belle
Rira,
Pourra
Nous venger,
S'amuser.
Les feux
De ses yeux,
Font jouir
De plaisir,
Quand celui qui, promis,
Est permis.

Le jour, etc.

Il me sied bien de plaisanter, et encore moins de faire, comme on dit, contre fortune bon cœur; moi d'abord, je ne pourrois jamais aimer que Colombine, et il n'est point de nymphe, dans l'olympe, qui puisse me dédommager de sa perte.... mais, est-il bien vrai que je l'ai perdue ?... Oh ! oui, c'est bien vrai ; que trop.... Il ne me reste donc plus qu'à mourir....

Air : *Du Vaudeville de l'Opéra comique.*

Mourons... ah ! mais de quelle mort ?
Le feu me paroit la plus belle.
J'ai le choix dans mon triste sort ;
Choisissons donc la moins cruelle.
A mon tempérament, hélas !
L'eau ne peut être salutaire ;
Il ne suffit, pour mon trépas ,
   Que d'en boire un grand verre.

'Allons, povéro Arlequin, c'est décidé ; un grand verre d'eau.... Mais , qui mêlerai-je dedans ? de l'arsenic.... du verd-de-gris.... de.... Non, non ; de l'eau toute seule , ç'en est assez.... Avant de rendre l'âme , faisons une prière ; prions pour Colombine.

        (*Il se jette à genoux.*)

Air : *Femmes voulez-vous éprouver.*

Quoiqu'elle détruise en un jour,
Tout le doux charme d'une vie
Que j'avois cru à son amour,
Vouer sans faire une folie ;
Je dois ici, à deux genoux ,
En priant pour ma bien aimée ,
Lui pardonner, et sans courroux ,
Ses torts et sa faute passée.

Et bien sincérement.

Air : *Réveillez-vous belle endormie.*

Oui , Colombine , je pardonne
Ce que j'appelle ton erreur ;
Arlequin à la mort se donne,
Pour ne point regretter ton cœur.

(*Arlequin se lève. — On jette en ce mo-*
ment, de la fenêtre de Colombine, un
billet, attaché à un morceau de bois,
Arlequin le ramasse.)

Que vois-je ?... et quel message ?... (*il lit*
l'adresse.) Il m'est adressé ; voyons. (*il l'ou-*
vre.) C'est de Colombine. (*il lit.*)

» Monsieur le jaloux.

Jolie épithète, ma foi ; monsieur le jaloux,
comme si je l'étois sans motif : enfin, pour-
suivons, quoique jaloux il y ait. (*il continue*
de lire.) » Pour vous punir de vos soupçons
» et de vos inconséquences, j'ai voulu vous
» donner une leçon. (*s'interrompant et froi-*
dement.) Ah ! voyons un peu quelle est cette
leçon. (*continuant de lire et avec plus de*
rapidité, à fur et à mesure qu'il avance.)
» Hier, vous m'avez demandé un rendez-vous
» nocturne : n'étant point encore mariés, les
» règles de la bienséance exigeoient que je
» vous le refussasse : je ne l'ai point fait, mais
» en éprouvant maintenant votre amour pour
» moi, je me suis vengée de l'offense que
» votre demande indiscrette m'avoit fait sen-
» tir. Allez, monsieur ; allez donc, pour le
» moment, passer tranquillement la nuit : ce
» que vous avez vû n'étoit qu'un faux pres-
» tige, inventé par moi, et qui ne doit vous
» laisser aucun doute sur ma fidélité : je con-
» gédie ce soir l'amant jaloux ; puissai-je,
» demain, trouver en lui un époux tendre et
» constant.   COLOMBINE.

(*Arlequin, stupéfait.*) Je vole de surprise
en surprise.... Oh, la bonne petite folichonne

de lettre. (*il la baise.*) Ah, ma chère amie, me voilà corrigé de ma jalousie : un pressentiment secret s'élevant du fond de mon cœur, sembloit me dire d'avance qu'elle étoit mal fondée.... Voilà qui est fini. (*en regardant la fenétre et s'adressant à Colombine.*) Arlequin, qui jure en cet instant de faire ton bonheur pour la vie, ne veut pour gage de ta tendresse, qu'un doux baiser, pris demain sur tes lèvres mi-closes, trop heureux si mon pardon est au bout de ce baiser. (*on entend ouvrir la grille.*) On ouvre la porte ; allons, je me retire, bien contrit et humilié de cette aventure.

VAUDEVILLE.

Air : *Du Vaudeville de champagnac.*

Sexe adoré, sexe chéri,
Excuse mes justes alarmes ;
Il falloit être moins épris,
Pour ne pas regretter tes charmes.
L'amour, de son fatal bandeau,
M'avoit fait le présent funeste ;
Ce n'est qu'au bord de mon tombeau
Qu'il dessille mes yeux de reste.

AU PUBLIC.

En laissant ces lieux, je voudrois
Que désormais, si je m'engage
D'y revenir, ce fut exprès
Pour captiver votre suffrage ;
En cet instant, le reclamer,
Seroit sans doute être peu sage ;
Il faut savoir le mériter,
Avant d'en obtenir l'hommage.

FIN.

www.ingramcontent.com/pod-product-compliance
Ingram Content Group UK Ltd.
Pitfield, Milton Keynes, MK11 3LW, UK
UKHW020151080726
13614UKWH00006B/2513